[诗阵丛书]

立冬之前

LIDONG ZHIQIAN

◎ 王亚海 著

中国书籍出版社
China Book Press

图书在版编目（CIP）数据

立冬之前 / 王亚海著. -- 北京：中国书籍出版社，2023.9

（黄河诗阵丛书）

ISBN 978-7-5068-9594-1

Ⅰ.①立… Ⅱ.①王… Ⅲ.①诗集 – 中国 – 当代 Ⅳ.①I227

中国国家版本馆 CIP 数据核字（2023）第 179953 号

立冬之前

王亚海　著

责任编辑	王志刚
责任印制	孙马飞　马　芝
封面设计	李中安
出版发行	中国书籍出版社
地　　址	北京市丰台区三路居路 97 号（邮编：100073）
电　　话	（010）52257143（总编室）　（010）52257140（发行部）
电子邮箱	eo@chinabp.com.cn
经　　销	全国新华书店
印　　刷	兰州银声印务有限公司
开　　本	787 毫米 × 1092 毫米　1/16
字　　数	2223 千字
印　　张	193.5
版　　次	2023 年 9 月第 1 版　2023 年 9 月第 1 次印刷
书　　号	ISBN 978-7-5068-9594-1
定　　价	480.00 元（全 10 册）

版权所有　翻印必究

总序

张平生

万古黄河，导夫昆仑之麓，通乎星宿之源；迢迢九派，落落千秋，珠怀龙啸，风流环宇。晴光淑气，倩诗家椽笔，情抒黄河，绮霞浮彩。伴着滔滔河声，闻着浓郁果香，《黄河诗阵丛书》即将付梓。

结社黄河，诗朋荟萃，以诗成阵。为贯彻落实习近平总书记关于黄河流域生态保护和高质量发展重要论述精神，深入挖掘黄河文化蕴含的时代价值，讲黄河故事，延续历史文脉，坚定文化自信，为实现中华民族伟大复兴的中国梦凝聚精神力量，用中华诗词之妙笔，奏响"黄河大合唱"的时代强音。

黄河，是中华民族的母亲河。九曲黄河，奔腾向前，以百折不挠的磅礴气势，塑造了中华民族自强不息的民族品格，是中华民族坚定文化自信的重要根基，是中华文化的重要元素。上善若水，文明与河流是密切相关的。世界上最大的文明产生地都与河流密切相关。黄河在我国流经九省区，全长5464公里，流域面积约752443平方公里。早在上古时期，炎黄二帝的传说就产生于黄河流域。在我国五千多年文明史上，黄河流域有三千多年是全国政治、经济、文化中心，它孕育了河湟文化、河洛文化、关中文化、三晋文化、齐鲁文化等，诞生了"四大发明"和《诗经》《老子》《史记》等经典著作，留下了无与伦比的文化积淀。

中华民族自古以来是诗的国度、诗的沃土，从"蒹葭苍苍，白露为霜"，到"大漠孤烟，长河落日"；从"雄关漫道"，到"六盘山上高峰"，长城迤逦，雄关巍峨，"西北有高楼"，阳关多故人。千百年间，对黄河之赞美，咏潮迭起，佳作浩繁，蔚为大观。黄河落天走东海，万里写入胸怀间。在黄河涛声孕育之中，千百年来留下无数荡气回肠的诗篇。神州诗人兴起，四海词骚蔚然。《黄河诗阵丛书》挟时代浪潮，深情讴歌黄河文化蕴含的时代价值，为黄河流域生态文明建设和高质量发展助力。吟肩结阵，鸾凤和鸣；结社耕耘，风雅颂扬；登坛贡赋，珍珠万斛。沉潜韵海，多发清越之声；寄意风韵，更赋壮遒之词。

编辑出版《黄河诗阵丛书》，以古典诗、词、曲、赋、联的形式，大视域、全流域反映黄河自然、人文特色，谱写出新时代人民治黄事业的全新篇章，影响必将遍及黄河流域，并辐射至神州大地甚至海外。万首高吟兮堪入画图，百年佳景恰逢金秋。这不仅是黄河文化建设者的骄傲，更是黄河文化在当代继承发扬光大的重要标志。

弘扬黄河精神，传承黄河文化，讲述黄河故事，反映黄河新声。以诗词讴歌中华民族治黄事业的历史新境界,谱写黄河在中华民族发展新时代的辉煌乐章,是保护、传承、弘扬黄河文化的重要举措。回望万古黄河,壮美磅礴是民族品格;平视当今世界,百折不挠是华夏写照。华夏子孙对黄河的感情,正如胎记一般地不可磨灭。

诗自芳春连暮雪,友从青藏到东营。乾坤四季,万里疆域,无不充盈诗情画意,友情祝愿。"逝者如斯夫,不舍昼夜。"万古黄河静静流淌,以《诗经》无邪之音,高唱中华文化之博大精深,阳刚正气。诗人词家之脉搏,同母亲河之脉搏一起跳动,那是绵延不断的民族颂歌。中华民族秉黄河精神,奋斗不息,意气风发。诗家当有大情怀,珍惜人生,牢记初心。抑工部之高节,抒青莲之胸臆,咏盛世之辉煌,颂人间之美好。五千里外沧桑,九转峰头岁月。歌随波涛涌,诗流日月边。吟啸一曲,黄河梦远。此时无限意,再逐雨花天。

"龙文百斛鼎,笔力可独扛",千古江山还要文心滋养。"没有优秀历史传统,没有民族人文精神,一个国家、一个民族,不打就垮。"这就是文化的力量。无论阳春白雪,抑或下里巴人,诗人们挺直脊梁,尽管身如草芥,仍然傲立于天地间,"苔花如米小,也学牡丹开"。仰观俯察,吐曜含章,把一腔情怀付诸笔端,发言为文为诗,不仅为人民群众留下了温润心灵、启迪心智、喜闻乐见的优秀作品,还彰显了中华传统文化的魅力,极大丰富、不断拓展着传统文化艺术的内涵。更让自然风光与诗文合璧，光华霁月与诗心交融，是诗人之幸，山川之幸，更是中华文化之幸。

"雄关漫道真如铁，而今迈步从头越。"今天，中华民族正在迎来从站起来、富起来到强起来的伟大飞跃。在这样一个全新的时代，诗歌担负的历史使命不言而喻，为诗歌开辟的创作空间更加广阔。"文章合为时而著，歌诗合为事而作"。鲁迅曾说："无尽的远方，无数的人们，都与我有关。"幸逢中华民族伟大复兴的新时代，正期待着诗人们襟怀云水，兰台展卷，搜句裁章。弘扬主旋律，凝聚正能量，歌颂祖国，礼赞英雄，放歌新时代，咏颂真善美。

是为序。

序

牛庆国

　　文学就是对过往的记录，是把一个时代的人们嵌入历史，描述历史中的人生和人生中的历史，从而让读者在阅读中找到自己，认识自己，创造自己。王亚海做到了这一点。

　　同时，任何一个优秀的作家、诗人都是书写当代生活的高手，从《诗经》到李白、杜甫，以至当代，莫不是如此。不管他们写名山大川，还是个人情感，都是对当下生活的体验。王亚海的创作无疑是新时代文学的积极实践。

　　作为情感的产物，文学用情感唤醒情感，感染情感，启迪情感。文学虽然不提供行动，但情感会引导人们的行为。读者在阅读中会寻找感情的出口和行动的方向。王亚海的诗歌，有着炽烈的情感，让我们找到了乡愁。

　　从本质上讲，文学就是人学，是关于人和生命的一种艺术形式。可以说，文学是人类全部梦想的集合。有人类就会有梦想，有梦想就会有文学。王亚海记录着过去的梦想，也描绘着今天的梦想。

　　作为文学中重要类别之一的诗歌，俄国文坛泰斗列夫·托尔斯泰曾经说过这样一段话："诗歌是一团火，在人的灵魂里燃烧。这火燃烧着，发热发光。真正的诗人总是会不由自主地、忘我地燃烧起来，并且引燃别人的心灵，在世人心中留下永恒的希望之光，照耀着前行的方向。"生活在洮河岸边的八零后诗人王亚海，师范毕业后曾当过几年教师，后来调入县委宣传部一直从事思想宣传工作。从政之余，他坚持文学创作，写诗、写散文、写报告文学，但以诗歌为主，发表了大量文学作品。单说他的诗歌，题材广泛，有对人间亲情的深情抒写，有对祖国大好河山的热情赞美，有对社会和人生的深度思考，也有对美好梦想的诗意追求。他的诗歌，就是托尔斯泰所说的那种蓬勃燃烧的一团火。

翻开他的诗集，一首首读下去，我一次次感到惊喜。

比如这首《塬上的画家》："她用天空的湛蓝为胡麻设色 / 她用阳光的金黄为油菜晕染 / 她一锹一锹，一耙一耙 / 把旱塬的庄稼绘成了意境优美的画幅……"最后笔锋一转，"她就是我的母亲，她不是画家 / 却和生活在旱塬上所有的妇女一样 / 画出这个时代最具表现力 / 和生命力的画卷"。这是一个儿子对母亲至深的爱，作品意境悠远，构思精致，充满想象的张力。

再比如他写父亲的诗，在《一棵树》中是这样写的："它太倔了，倔得像我的父亲 / 在生活的风暴中不知道弯一下腰 / 它千疮百孔的身体 / 留下岁月的风雨雕刻的形状"。一个在生活的风雨雷电中千疮百孔但却永不服输的父亲的形象跃然眼前，让人又一次对"父亲"这个角色肃然起敬。"父亲是个木匠，父亲与木头 / 性子一样直，脾气一样倔 / 一见面就较劲，互不服输"，在这首《父亲的工具箱》中，他出人意料地写道："木头的伎俩，是把父亲放倒……"，这样的文字，使亲情有了沉重感。在《返回》一诗中他写周末回到老家的情景"那一刻，我突然明白了返回的意义 / 所有美好的回忆，都在远去 / 仿佛故乡从一开始,就注定渐行渐远……"这是所有在外打拼的游子共同的感受。

王亚海的诗歌中,写人间烟火气息的作品占比最大,"那时祖母还在,他睡在祖母的土炕上 / 和炕角打瞌睡的小猫一起 / 听祖母讲故事,哼歌谣……"(《中年的雨》)。"此刻,我应该站在乡下的地里 / 帮母亲收获玉米,或是在老家 / 帮母亲腌制辣酱,让贫瘠的生活 / 有滋有味"(《想念母亲的人》)。"立冬之前 / 我要帮母亲劈好柴禾、扫拾树叶 / 把温暖幸福地码在屋檐下 / 堆在柴房里"(《立冬之前》)。有母亲的地方就是充满人间烟火气息的家,有家的地方就是我们让我们疲惫的心灵停靠的港湾,当然,这个港湾是用琐碎的柴米油盐筑成的,不是由空洞的理想虚构的。"立冬之前,我还要到村头的寺庙前 / 看看村上那些晒太阳的老人 / 看看他们布满皱纹的慈祥的脸庞 / 我怕立冬以后,他们会在岁月的甬道走失"。立冬本来是一个节气,但作者在其中注满了对父老乡亲的牵肠挂肚,也注满了对故乡的无比眷恋。

"崇尚自然,热爱生命"是王亚海坚守的诗歌观点。信手抄下这样的诗行:"走累了,就席地而坐 / 把自己想象成一株野菊 / 与山里的小草一起生长 / 一起嬉戏,一起透过树梢 / 看太阳美丽的睫毛"(《在春天里行走》);"阵阵犬吠划破了山村的宁静 / 一位手拄树棍的老人缓缓挪动 / 从鸡窠到草堆,从羊圈到水窖 / 足足走了一个世纪"(《在不知名的山村》);"景古城只剩下几个土墩 / 仿若历史深处的疤痕 / 仿若残存的典籍 / 只言片语,已无法证明什么""此刻,你是沉默的 / 我却感到了你内心的澎湃，如岩浆"（《白石山下》）。如果说前两首作品是抒发对人生的思考的话，那么这首《白石山下》则抒发的是对浩瀚历史和神奇的大自然的认知。

总的来说，王亚海的诗歌是有根基的，那根基就是他生活的那片土地和那片土地上人们的生活，因为他熟悉那里的一切，且有着深切的生命感悟，并找到了适合自己的诗歌语言和诗歌手法，由此，才写出了这样打动自己，也打动了读者的诗篇。

从思想性和艺术性上来看，王亚海的诗歌篇幅短小精悍，画面感强，细节突出，感情浓烈饱满，真挚感人。他的笔下有血浓于水，讴歌不尽的至爱亲情；有俯瞰天地，感慨兴亡的咏史抒怀；有一花一世界，一叶一菩提的深沉哲思；有临洮大地的铿锵吟唱，故乡四季的无尽深情……他以饱含深情的笔触感恩生活，热爱自然，拥抱亲情，珍惜时光，唤起读者内心的美好，濯洗我们在尘世中久已疲惫的心灵。

我一直认为，只有脚踏土地，仰望星空，才有可能创作出既为自己，也为社会；既为当下，也为未来；既为人生，也为艺术的优秀之作。

王亚海是一位有着明确方向感的诗人，有着自觉的艺术意识，有着良好的创作状态，他正年轻，正有前途。祝贺他，祝福他！

2023 年 7 月于兰州

目录

第一辑　把幸福温暖地码在屋檐下

早春，黄昏 …………………………………………… 003
母亲，今天落雪了 …………………………………… 004
塬上的画家 …………………………………………… 005
采蘑菇的日子 ………………………………………… 006
雪一样冰凉的疼痛 …………………………………… 007
立冬之前 ……………………………………………… 009
想到梳子 ……………………………………………… 011
火光点亮灶膛的瞬间 ………………………………… 013
母亲的白发 …………………………………………… 015
母亲说着说着就哭了 ………………………………… 017
白天遗漏的一些事物 ………………………………… 019
父亲的工具箱 ………………………………………… 020
清明时节 ……………………………………………… 022
雨　水 ………………………………………………… 024

一棵树 ··· 025
一块土地的忧愤 ······································ 026
返　回 ··· 028
中年的雨 ·· 029
摇摇晃晃的影子 ······································ 030
想念母亲的人 ··· 031
带父亲看病的间隙 ··································· 032

第二辑　历史风云在巨大透镜里的投影

哥舒翰纪功碑 ··· 035
秦长城遗址 ·· 037
戎疆亭 ··· 039
马家窑和寺洼 ··· 040
狄道古城 ·· 041
椒山书院 ·· 042
笔峰塔感悟 ·· 044
骆驼崖 ··· 046
貂崖沟 ··· 048
残　碑 ··· 050
太平观 ··· 051
登上鹳雀楼 ·· 052
在炳灵寺石窟 ··· 054

古树湾长城烽燧	055
在华北平原	056
在扎尕那	057

第三辑　感恩盛夏宣谕般的慈爱

四月，认识一个画家	061
如期而至的春天	063
在春天里行走	064
在不知名的山村	065
清晨，邂逅一片野花	067
紫斑牡丹	068
偶　遇	069
致洮河	071
白石山下	073
立　秋	078
在乡间小路行走	079
亮了起来	080
无法言说的甜蜜	081
生命的苇塘	082
水做的花儿	083
在冶力关	084
热　爱	085

下午，和一条水渠为伴 …………………………………… 086
后海，邂逅爱情 ………………………………………… 087
爱上一片野花 …………………………………………… 088
仁爱来自他的心中 ……………………………………… 089
我喜欢现在的时刻 ……………………………………… 090
生命中的轻盈 …………………………………………… 091
夕阳下的洮河 …………………………………………… 092
朋　友 …………………………………………………… 093
秋天里亲切的事物 ……………………………………… 094
我的心灵 ………………………………………………… 095
写给杜老师和同学们 …………………………………… 096
我对你的爱是四季的阳光 ……………………………… 097
让你的美在未来人们的眼里呈现 ……………………… 098

第四辑　用漫长的时间来思索

夕　阳 …………………………………………………… 101
尘世贴 …………………………………………………… 102
我们不准备想起往事 …………………………………… 103
旅途中 …………………………………………………… 104
风雨中的鸟 ……………………………………………… 106
一个朋友的离去 ………………………………………… 107
重　复 …………………………………………………… 109

马啣山下的秋天	110
一棵干枯的树	111
我又一次在秋风中感到悲怆	112
干爷走了	113
这个冬天	116
日　出	118
致张志新	119
雪　夜	120
浓雾弥漫	121
季节的路口	122
穿越山谷，想象造山运动	123
马啣山巅峰以下	124
穿越马啣山峡谷	125
巨大的悲悯	126
这个冬天你没有注意过的事物	127
我需要慢下来	128
在上梁村	129

第五辑　这一生守着你就好

学校的一天	133
给夏绚（一）	134
给夏绚（二）	136

给嘉绚（一） ……………………………………………… 137
给嘉绚（二） ……………………………………………… 139
写给妻子（一） …………………………………………… 140
写给妻子（二） …………………………………………… 142
写给妻子（三） …………………………………………… 143
写给妻子（四） …………………………………………… 144
写给妻子（五） …………………………………………… 145
还有什么比这是更幸福的 ………………………………… 147
这一生守着你就好 ………………………………………… 148
重新激活的悲悯情怀 ……………………………………… 149
大自然的一切多么美丽 …………………………………… 151
那片小小的野花 …………………………………………… 152

第六辑　中国梦

中国梦 ……………………………………………………… 155
经历之美——读亚海的诗集立冬之前 …………………… 160

后记 ………………………………………………………… 163

第一辑

把幸福温暖地码在屋檐下

早春,黄昏

风,已不再那么凌厉
凝结了一个冬季的冰雪
随着心事开始消融。落日暖暖的
我的眼前是一群放风筝的孩童
我要到田野上去,聆听蚩虫的私语
等待银色的鸟群在漫长的日子里出现
让闪动的翅翼为天穹织一件披风
接下来,我将在这里徘徊,徘徊
拥抱这满天的星光,这微风
这宁静而温暖的万家灯火

母亲,今天落雪了

母亲,今天落雪了
茫茫大地一片雪白
我小时候,你告诉我
雪是蒸馍馍用的面粉

懵懂的我信以为真
就把雪收集在一个小瓶子里
以为有了雪,就有了面粉
你就不用那么辛苦

母亲,一晃过去近四十年
你还在贫瘠的土地上劳作着
小时的愿望终究没有实现
直到你腰身如弓,发如雪

我痛苦地捧起一掬雪
仔细辨认着是不是面粉
近四十年前的一个谎言
因一场雪的到来让我愧疚不安

塬上的画家

洮河吹来的风给了她灵感
年复一年,她握着铁锹的画笔
犁铧的画笔和耕耙的画笔
在大地无比辽阔的画纸上涂抹着
她用天空的湛蓝为胡麻设色
她用阳光的金黄为油菜晕染
她一锹一锹,一耙一耙
把旱塬的庄稼绘成了意境优美的画幅
她绘制的白菜图构图严谨,章法森严
她描摹的小麦图铺天盖地,满幅而来
还有那些锄禾图、麦收图、晒粮图
以及耗费无数精力的秋收打碾图
无不呈现出她深厚的笔墨功夫
和传统的文化底蕴

她就是我的母亲,她不是画家
却和生活在旱塬上所有的妇女一样
画出这个时代最具表现力
和生命力的画幅

采蘑菇的日子

采蘑菇的日子是以前的日子
母亲领我走在村头的小溪旁
手提一个千疮百孔的竹篓
一窝蘑菇，便是一窝惊喜

像没人重温儿时的故事
以前的日子快要遗忘完了
我忘记了发现蘑菇时的惊喜
忘记了母亲手中的竹篓

不知不觉，又到了人生另一驿站
隔着遗忘的时光，异乡的我
想起了儿时采蘑菇的日子
想起了早已满头银发的母亲

那天，雨水将我滞留在教室
泥泞中，母亲迈着蹒跚的脚步
为我送来了午饭
一小碗素油炒蘑菇：鲜嫩、清香

雪一样冰凉的疼痛

岁月经过九月的村庄时
神情变得沮丧
我看到玉米秆的叶子
像失血的手
在风中徒自抓着什么

越来越多的寒冷
在村庄聚集,土屋的骨头
在迎面的北风中抖索了一下
承受这一切的,还有
收割过庄稼的土地
和静静站立的稻草人

风把目光移向低处
移向一个剥玉米的农村妇女
一股来历不明的忧伤
开始注入生活的洼地
我分明看到了
今年的第一场雪

这个秋天
当北风再一次打量抖索的土屋
打量满头白发的母亲时
雪一样冰凉的疼痛
在我的心里
迅速漫延

2012 年 9 月 30 日

立冬之前

立冬之前,我要帮母亲收获玉米
我要把母亲的牵念掰到家里
不让它们为季节的风雪侵袭
我还要收获白菜,它们开始长大
有的已经远离他乡。立冬之前
我要帮母亲劈好柴禾、扫拾树叶
把温暖幸福地码在屋檐下
堆在柴房里。我要帮母亲收拾饰品
那些天空的钻石,我要擦拭干净
我怕一眨眼,它们就会走失
立冬之前,我要把破损的门窗
全部修好,把豆瓣翻动、晒干
装进密闭的陶器。立冬之前
我要安静地,抛掉体内的忧伤
像秋天的树木那样。我还要抛掉
我虚伪的灵魂和骨头和诗篇
证明我莫名的流泪,是因为幸福
立冬之前,我还要到村头的寺庙前
看看村上那些晒太阳的老人
看看他们布满皱纹的慈祥的脸庞

我怕立冬以后,他们会在岁月的甬道
走失。我还要为我的祖母送去寒衣
尽管她孤独地住在村头的土堆下
尽管她早已感受不到人间的温暖

    2012 年 10 月 29 日

想到梳子

拉开窗帘
玻璃上结满美丽的冰花
有庄稼,有草木
有家乡温暖的小院
如果不是思念
我不会看到大雪飞扬
不会看到一个步履维艰的
乡村妇女。此时
乡下的母亲正在清扫积雪
她被风吹乱的银发
比屋顶的积雪还要白净

这个平常的日子
我开始想到
一些平常想不到的事物
比如小时候,母亲告诉我
雪是用来蒸馍的面粉
再比如梳子
一把送给母亲的牛角梳

梳子至少可以梳理
劳作后零乱的头发
而你却独爱洁白的手柄上
美丽的花纹

火光点亮灶膛的瞬间

火光点亮灶膛的瞬间
这个冬天温暖了许多

闪烁的火苗
映红了灰头土脸的厨房
映红了母亲褪色的围裙
和遗留在眼角
忘记擦拭的一颗泪珠

在映红的记忆甬道里
那个熟悉的身影还在忙碌着
温暖的火苗一闪一闪
映在母亲蓝底白花的围裙上
卑微的温暖溢满了屋子

此刻,我再次坐在童年的木墩上
帮母亲烧火。母亲系着围裙
擀面、切菜,忙得像一个陀螺
而我明显地感到,手中的柴草
越来越轻微,越来越干枯

仿佛一下子就要被火苗吞噬
化为炊烟,随着以前的日子
无声走远

母亲更像一刻不停的时针
日复一日地重复着
不管我默默注视还是遗忘
都无法阻止,一刻一刻
走远的尘世

母亲的白发

我又看到了母亲的白发
看到了母亲雪一样燃烧着的白发
那白色是那样耀眼,那样冰凉
让我想起麦收时节的一道闪电
和放冬水时散落一地的月光
它们白得那样洁净,那样美丽
好像是还原了生活的本色

我又看到了母亲的白发
看到了母亲劳作归来时
被风吹乱的缕缕白发
那白发仿佛被雪水洗过
那白发即使在夜晚
也闪烁着银色的火焰

我又看到了母亲的白发
我从没有这样近距离地端详
我走近细看时我才发现
那不是一根根变白的头发
那是一枚枚落满浓霜的麦芒

那麦芒每掉落一根
我的心就刺痛一下

2013年7月6日

母亲说着说着就哭了

母亲说着说着就哭了
这哭声那样无辜
让我想起儿时一次莫大的委屈

母亲,你哭吧
你是把悲喜交集的命运
哭了出来
把多年来埋在心底的苦和痛
哭了出来

我真没用
这么多年没有陪伴你
我一门心思在城里追逐
把你和年迈的父亲留在乡下
把贫瘠的土地留给你们

我真是不孝,这么多年
还不如陪在你身边的小猫
在你寂寞的时候
为你解闷

母亲，你哭吧
你把心中的委屈哭出来就好了
作为你含辛茹苦养大的儿子
我能做到的
就是在以后的日子里陪伴你，照顾你

母亲，今天我不想劝你、安慰你
我只想静静地，听你哭泣

            2013年7月

白天遗漏的一些事物

夜正在掩藏
白天遗漏的一些事物
最先暗下来的
是父亲下地归来放在土炕上的
一只水壶,那只水壶的年龄
比我还要大,我记事时
父亲就带着它下地
现在,它油亮的光泽
正在一点一点消失
然后是地上的土豆
它们已和地面的颜色融为一体
接着是羊圈、土屋
以及院子里堆放的玉米
最后,夜掩藏了整个院落
以及一些看不见的事物
比如疲惫,比如关节痛
在夜色中越来越清晰的
是满天的星斗
和父亲一声紧似一声的咳嗽

2013 年 10 月

父亲的工具箱

我又看到了父亲的工具箱
静静地,终日躺在土屋的角落
钳子、推刨和墨斗,落满了尘土
和父亲一样,灰头土脸

父亲是个木匠,父亲与木头
性子一样直,脾气一样倔
一见面就较劲,互不服输
木头的伎俩,是把父亲放倒

父亲弯曲成一张弓,推刨来回
绷紧的双手,攥出老茧和血泡
父亲低下头时,时光的重量
压在背上,佝偻的腰身一弯再弯

父亲干了一辈子木匠活
母亲埋怨了一辈子:木匠家里
没有一件像样的新式家具
家里的柜子,破得快要装不住粮食

事实上,父亲最得意的家具
一直在他心里构思。从年轻时
父亲就赶制一件家具,风雨无阻
从小村子,直到县城安家落户

清明时节

清明时节
一座座坟丘装饰得花花绿绿

爷爷和奶奶的坟丘比邻而居
两座小小的土堆，荒芜、枯瘦
在风中依偎

我开始点香燃纸
百元面额的冥币，整沓整沓
在火中，递给了两个亲人

沙尘开始弥漫，鲜艳的摇钱树
哗哗作响，稀疏的枯草
像是你们被风吹乱的白发

我把煎鸡蛋、糕点摆在你们面前
你们的重孙女要抢着吃
你们一定很开心吧

而一种巨大的负疚感，像眼前的沙尘
刹时包围了我
在你们生前，我从没有给过你们
全身心的爱，做过可口的饭菜
买过体面的衣裳，更没有
给过百元面额的钞票

雨 水

雨水猝不及防地降临
使村子变得兴奋
为了瞬间的淅沥
大地等了一个冬季

划过天空的闷雷
打破村庄郁闷的沉静
犀利的闪电,让土地
有了某种朦胧的希望

那些留守家中的妇女
在喂饱了家人和土地之后
也喂饱了我焦渴的思想

让我这条干涸多年的鱼
隔着时间和空间
梦到了家乡涓涓的洮河

一棵树

一场猝不及防的风暴
将村里那棵最老的柳树
连根拔起,推倒在脚下
曾经站立的土屋旁

它的根须暴露在阳光下
已浑然不觉周围的目光
它老了,老得无法侧一下身子
躲开迎面而来的飓风

它太倔了,倔得像我的父亲
在生活的风暴中不知道弯一下腰
它千疮百孔的身体
留下岁月的风雨雕刻的形状

一块土地的忧愤

冰雪季节,踏上一块封冻的土地
踏上一块身体里反复痛楚的旧疾

我深深地感到土地的忧愤
我看到更多的是荒凉,是遗弃的秸秆
风干的菜叶,以及碎烂的塑料纸
散落在龟裂的地块上

面对窘迫的生活,父亲带着我
把全部希望寄托给一块贫瘠的土地
我受够了土地的折磨
和父亲的坏脾气

慢慢地,我想方设法离开它
离开了养育我的土地
和坏脾气的父亲

多年以后,我再次踏上这块土地
我才明白,一块土地的忧愤
其实是一个人的忧愤

承受着生活的风暴

他别无选择,在季节的轮回里

保持着最初的倔强

2014年2月3日

返 回

每个周末都要返回老家,看看父母
看看老屋,看看儿时的树林

有一次是雨天,雨雾迷蒙了树林
我依然沿着熟悉的小路来到这里
在童年的河湾,站了很久

我或许在寻找生命中迷失的部分
雨水那么密集,芦苇那么迷离
我期盼的野兔和天鹅始终没有出现

夜幕已降,年迈的母亲唤我吃饭
她在泥泞中蹒跚的身影
已和儿时记忆中判若两人

那一刻,我突然明白了返回的意义
所有美好的回忆,都在远去
仿佛故乡从一开始,就注定渐行渐远

2014 年 6 月 19 日

中年的雨

雨水淅淅沥沥，咬噬着他的心
他失眠了，他想起儿时的一个雨夜

已经很久了，他已记不清是哪一年
只是觉得声音很熟悉，很亲切
像今夜一样，细碎、轻柔

那时祖母还在，他睡在祖母的土炕上
和炕角打瞌睡的小猫一起
听祖母讲故事，哼歌谣

那时的雨，落在石碾上，落在秋千上
落在他移栽院里的野花上

现在的雨，落在思念里，落在骨缝里
落在一个中年男人积重难返的忧戚里

2015 年 4 月 24 日

摇摇晃晃的影子

两个影子在路上摇晃
一个是父亲的影子
一个是我的影子

这是父亲送我回城里的乡间土路上
被夕阳映照出的两个身影

自从我在县城安家后
每逢周末,母亲总是大包小包
装满干粮、土豆和蔬菜
让父亲帮我拎到公路边

两个影子一前一后
摇曳在土路上

摇摇晃晃的影子
像极了父亲大半生漂泊不定的打工生涯
和我茫然无措的未来

2015年8月21日

想念母亲的人

枯干的玉米，在秋风中瑟缩
承受着季节带给它的创伤
瑟缩的还有地里的草茎
以及沙棘丛中传出的一声虫鸣

此刻，我应该站在乡下的地里
帮母亲收获玉米。或是在老家
帮母亲腌制辣酱，让贫瘠的生活
有滋有味。要是时间能够倒流
我或许在帮祖母扫拾树叶
为即将到来的寒冬准备燃料

实际上，我站在县城东边的小山上
独自徘徊。我翻过一座山梁
始终没有碰到一位和我一样
想念母亲的人

2015年10月21日

带父亲看病的间隙

春天了,万木吐绿。没有人注意到
一棵柳树内心的忧戚,和遮掩的憔悴
几只麻雀,在黄河边跳来跳去
挥霍着青春和美

我和父亲坐在石凳上,谈论着老家的地
以及眼前的铁桥。对于几只麻雀的到来
我和父亲司空见惯,就像见到
那些年乡下的一样

父亲已患病一年,反反复复的哮喘
已让他失去庄稼人对土地的不舍
治病间隙,我带父亲在黄河边走走
看几只麻雀剥啄满地的柳絮

2017 年 4 月 1 日

第二辑

历史风云在巨大透镜里的投影

哥舒翰纪功碑

残缺的碑文，夕阳已经读不懂
你的心事，以时间的形状凝固
层层剥落。你已不愿复述
一段盛衰的历史，你只是不能忘记
一首西鄙人的歌谣，一个显赫王朝
遗落在西北边陲迢遥的梦

北斗七星闪耀的夜晚，是谁枕戈带刀
在九曲黄河，在洮水边，厉兵秣马
拓疆掠土，为盛唐风雨如晦的天空
擦拭尘土。是谁披坚执锐
浴血石堡城，用僻陋的荒凉之地
为一代帝国濒临颓圮的柱梁涂金抹粉
又是谁领兵潼关，面对汹涌的黄河
流下灼烫的汞粒一样的泪水

夕阳再次从曾经的边陲小镇落下
或许，远戍的征人已不再怨嗟
盛大的霓裳羽衣曲已不再演绎
一代帝王御书的碑刻

在群楼的包围中，显得更加落寞
我仿佛看见，气宇轩昂的庙堂
朱红的漆金廊柱轰然倒塌

秦长城遗址

一段低矮残破的土垅，面色苍黄
像一个佝偻的老人。谁能想象
这曾是雄浑巍峨的战国秦长城
我苍茫的视野被时空之手牵引
我仿佛看见剽掠的民族
黑风暴般涌进中原

如今，你看不见匈奴的金戈铁马
看不见蒙恬的战旗飞扬，也看不见
秦皇的兵车仪仗。只有风
粗野的风发出使枯草战栗的语言
诉说着曾经的兵燹离乱，诉说着
一段口口相传的爱情悲歌

我极力寻找一个古代的女人
一个曾经哭倒长城的柔弱女子
孟姜女没有告诉我一座长城的坍塌
需要多少苦难、多少血泪，需要多少
泯灭万物的时间。然而
一段历史的壁画早已脱落。没有脱落的是

万里河山依稀的模样。杀伐征战的主人翁
早已丧失振长策御宇内的雄心和气概
他的弓刀早已弯曲,他的铠甲早已锈蚀
只有故事发生的地点留下蛛丝马迹
烽燧、城障,和层叠了无数血泪的夯层

白云飘过蔚蓝的天空,像是记录、像是抒写
像是历史风云在天空巨大透镜里的投影

戎疆亭

一些故事，早已落满岁月的灰尘
没有人忆起，那快要遗忘的情节
那荒野的露天的夜晚，月亮苍白
曾经的苦难，只有泥土知道

一些声音，郁结在驼峰隐没的沙洲
异域的音乐，承载燃烧的时光
随着风摇晃。当年的一场舞会结束
篝火和闪烁的星，被风暴熄灭

一些女人，还在泛黄的照片里行军
绿色的军装显得旧褪、凄惶
鲜活的面影也被岁月之手涂抹
只有脚下的骆驼草，还在歌唱

站在戎疆亭，我看到了隔世的黄昏
这个圆顶的亭子沉默无言
几片落叶掉下来
发出沉闷的声响

马家窑和寺洼

寺洼最初是一个姑娘的名字
那时刀耕火种。她是小家碧玉
她娴静得如同洮河边的一株黍草
她有洮河一样清澈得让人心疼的眼睛
她会唱动听的花儿

寺洼出嫁时，妆奁是美丽的陶罐
在洮河边，邻村的小伙子马家窑
用笨拙的类人猿的手，制坯、着色
勾勒出美丽的水波纹和草叶纹
把心愿和爱情泅入坚硬的陶质
将绚丽的霞光披在身上

寺洼有着美丽的夭亡。爱她的人
曾流下滚烫的泪水，将亲手制作
以自己名字命名的彩陶，放在爱人身边
护佑爱人的灵魂，年年岁岁

狄道古城

古城远去，只留下一座土墩
和一串名片。土墩和名片的历史
仿佛时光之手雕刻的两尊塑像
一尊伤痕累累，一尊光彩夺目
如今，伤痕累累的土墩
更像一个述说战争的盲人
只言片语，已经不能说出
一座古城曾经的真相
那条商队逶迤的丝绸之路上
风沙湮没了商贾的脚印
岁月涂去了使节的面孔
只有秦皇西巡和汉武救兵的情节
被史官载入典籍，成为历史
而那些精美绝伦的马家窑彩陶
被陈列在博物馆光亮的橱柜
用来考古和展览。它们中的大部分
有的毁于战争，有的毁于天灾
更多的，被岁月之手高高举起

椒山书院

在椒山书院,一束灼人的光
穿透了斑驳的墙垣。我确信
那是四百年前,一个忠良如炬的目光

只是忠良走远了。他的祠堂也走远了
只剩下椒山书院,年年芳草萋萋
虬劲的古松,是他铁钩银画的书法

明知死而为之。弹劾的奏折尚未面圣
一颗忠良的丹心就碰疼了世界
风吹枷锁,满城菊花飘香

琅琅的读书声隐隐传来,从明代的天空
伴随着风声雨声传到今天。几声鸟啼
就是古代忠魂在吐诉冤屈

日月经天,历史的悲剧重复上演
感慨于奸佞的兴风作浪,我愤怒,我诅咒
在一次次祈祷中,奋力洗刷良心的污点

琅琅的读书声再次传来，仿佛时代的回音
触摸未来。那个时代从你身上剥夺的
这个时代要为你加倍地授予

笔峰塔感悟

在笔峰塔下，和老子对话
看松针一枚一枚落下

风吹过
铎铃声声。登山的游人
有相似的境遇，有不同的感悟

我模仿智者的样子倾听万物
倾听诡谲的风和无辜的云
我不停地拷问自己，究竟怎样
才能结束尘世的烦忧

相形之下，女儿更像智者
她懂得和自然交流，和生命交流
她和毛毛虫亲密无间
和树妈妈一起跳舞
还不时拉上亲爱的树宝宝
玩起捉迷藏的游戏

风吹过
一些榆钱就掉下来
落在水池中。众人视而不见
唯独五岁的女儿徘徊不已
顺着她的目光
我看到了水中的天空
智者的心

骆驼崖

那只骆驼还在行走
像一个虔诚的佛教徒
匍匐在朝圣的路上
日渐羸瘦的驼峰
负起即将坠落的太阳

一座想要行走的危岩
一件人类文明诞生前
造山运动留下的赠品
你是时间的雕刻大师
未及完工的塑像

你屹立悬崖而波澜不惊
但是你渴望行走
渴望挣脱山体的束缚
你执着的心在远方
在风吹草低的地方

我想你终将会行走
你会挣脱千百年的束缚
你的骨骸将坠落洮河
你的灵魂将随河水走远
走向千百年来梦寐的远方

      2013 年 5 月

貂崖沟

胭脂石迷人的丹红
两千年来不曾褪去
鉴泉小得像一面镜子
这一泓貂蝉梳妆的清泉
如今，只有一株
孤零零的野百合

貂蝉洞有着不可企及的高度
这与历史的高度相吻合
在兵荒马乱的年代
一个容貌出众的柔弱女子
有着芸芸众生不能理解
和不能替代的使命

在这传说中貂蝉避难的洞前
我注视着炊烟从远处升起
仿佛看到了狼烟
来自东汉末年

山坡上那群舔食冰草的羊
似乎没有我想得这样深刻
它们一动不动
远远地看上去
仿佛山梁上裸露的岩石

    2013年6月

残　碑

在尘世荒芜的一角
我看到了你衰败的面孔
黧黑，仿佛烧焦的一截时光

碑顶残破
时间的咒语已经生效
承载着生命的符号
你铭刻的一段历史
终将消失于记忆

在时间这个刽子手面前
没有谁能够逃脱
百年之后，我们将被遗忘
我们身体里的火光
连同眼前的残碑

现在
这座封疆大吏的碑石
静静地，在阳光下安眠
在逝者的面前
时间彻底失去了效力

2013 年 8 月 19 日

太平观

只剩下一堵残破的墙垣
和一块石碑。可以想象
当年旺盛的香火,和荣光
这块埋葬了祖先和战火的
土地上,几个农人耕作着
弯曲的腰身仿佛佝偻了几千年
一阵风吹过旷野,吹过坟地
吹过炊烟升起的村庄
和这块刻有太平观字样的石碑
这座在战火中建起的道观
在坍塌数百年,也许上千年后
终于迎来了太平盛世

2014年4月2日

登上鹳雀楼

登上鹳雀楼,在烟波浩渺间
我看到了祖国辽阔的山河
奔腾不息的黄河,闪着金光
在浩瀚无垠的历史长卷中
滔滔地奔向大海

鹳雀楼,一座北周时的高楼
你的身影穿过盛唐隆宋的天空
为历史剪影。一只翔飞的鹳雀
和一个击剑悲歌的边塞诗人
曾记录下,这一辉煌的时刻

几千年来,一个诗人的吟唱
已深入我的灵魂,深入鹳雀的心
这座雄伟的高楼,海是它的远
黄河是它的长,起伏的群山
是它向往远方的思想

白日又一次沉下远山
奔腾的黄河喘着粗气咆哮着

鹳雀的翅尖划破夕阳，再次
为三晋大地写满生命的诗歌
那汹涌起伏的云海

登上鹳雀楼，在重峦叠嶂中
我看到时代的车辇滚滚而来
巨大的车轮发出沉闷的轰鸣
惊醒了原野上的灵魂
崇高和理想，泛滥了我的心空

在炳灵寺石窟

浑大的躯体
被雕刻在悬崖千年
无数不信佛的目光
在你慈祥的脸上掠过
上千年来
尘世间发生过多少战火
多少杀戮
你慈目紧闭
从不开口
脚下的黄河日夜不息
带走数不尽的泥沙
和泅渡的羊皮筏子
带不走的
是峭壁上状如蜂巢的洞穴
以及尘世的苦难

2016 年 7 月 29 日

古树湾长城烽燧

像一个麦垛
静静地站立在山坳
没有守卫者
这座满目疮痍的烽燧
比教科书上的烽火台
要土气得多

但依然激发了我沉重的慨叹
随着飘起的炊烟
慢慢升腾。战火和离乱
取代了眼前的平静

像麦垛一样的烽燧
是否理解麦子和土地的意义
是否和我一样
想起曾经的兵荒马乱
在辽阔的天空下发出一声
沉重的叹息

2017年3月5日

在华北平原

适于农耕的中原，一派安居乐业
角逐于涿鹿之野的皇帝和蚩尤
已抛弃前嫌，握手言和
不再为部族利益拼个你死我活
茹茹公主香销玉殒，只残留一幅壁画
讲述着曾经的海誓山盟
冲突归于平寂，战火早已熄灭
人类文明的根深深扎在燕赵大地
柏林禅寺的诵经声，似微雨
滋润着人们的心田
鸽群在啄食人们撒下的米粒
那轮古老的照过战争和硝烟的太阳
照着它们，照着华北平原

在扎尕那

耸峙的石山
是造物派来的守护神
站在神的高度
俯视着村寨
和芸芸众生

松林静怡
帐篷边燃起炊烟缕缕
藏人和牦牛有着缓慢的时光
我唐突来到这里
可能有些冒犯

站在木栈道上
我一次次仰望着石山
村寨,和金黄的油菜
我的心灵纯净如天空

哦,扎尕那
请收留并淬炼我卑微的灵魂

2017年8月

第三辑

感恩盛夏宣谕般的慈爱

四月，认识一个画家

四月，我认识一个北方的画家
她有着北方的浪漫和北方的气质
每天清晨，我喜欢看她一遍一遍
细心地，将简陋的田园皴染
我喜欢聆听，她描线勾勒时
笔尖划过画稿的沙沙声
和她走过田野时细碎的足音

每一天，我都惊喜于画稿微小的变化
我惊喜地看到，她娴熟地勾皴、点染
为云杉勾出毛茸茸的小脑袋
为柳树描画微蹙的蛾眉
为迎春系上漂亮的黄头巾
再用朱砂，为屋前的桃树擦上胭脂
为篱中的杏树，点上口红
然后用泼墨法，为田野和远树
涂上大片大片的青绿

每一天，我都穿行于这幅水墨画
当我走过，所有的小鸟都飞上树梢
唱起歌谣，所有的树木都披上霞衣
在风中谈笑。只是，我不敢逗留
我不敢长久地和画稿对视
我怕画家会画风、画雨、画沙尘
画出四月的大地，落红无数

如期而至的春天

春天如期而至，这新绿，这阳光
这鸟鸣……这一切美好的东西
又一次如期而至。我暗自幸福
又一次经历了铺天盖地的春意
我喜欢与山坡对面的一株桃梅对视
也喜欢瞭望原野里的那一抹青绿
我更喜欢席地而坐，聆听蜜蜂的私语
和岁月远去时银铃般的笑声
每个日子都举行着盛宴
这样的日子，天空是纯银的
在它的视线里鸟兽衍生，草木萌发
这样的日子，季节是萌动的
我心的音律和大地的起伏和拍
这样的日子，春天还很害羞
春天的发梢，还未绽放野花的妖娆

在春天里行走

这铺天盖地的春意让人欢喜
这扑鼻的花香和满山的绿意
还有山路旁微笑的蒲公英
草野中歌唱的鸣禽

无边的暖风吹过山梁
吹过万千的枝条
催开争先恐后的蓓蕾
此刻,我在春光中行走
像山坡飘来的一朵白云

走累了,就席地而坐
把自己想象成一株野菊
与山里的小草一起生长
一起嬉戏,一起透过树梢
看太阳美丽的睫毛

2012 年 4 月 4 日

在不知名的山村

静谧的山坳在时光里假寐
顽皮的晓风追逐着成群的云朵
这个雨后的清晨，万物滋长
层层梯田像一卷翻开的诗经

阵阵犬吠划破了山村的宁静
一位手拄树棍的老人缓缓挪动
从鸡窠到草堆，从羊圈到水窖
足足走了一个世纪。我不得不
说出，他是一个残疾的老人
他走路时吃力的接近扭曲的姿态
引起我一阵无端的忧伤。院子里
不知谁捕来的两只大山雀
在木笼中扑楞着受伤的翅膀
一个傻媳妇不安地来回走动着

老人一家的出现，让我想起那些
可怜的正在受难的人。而远处
积雪的白石山闪着银子的光芒
我觉得，会有神话里的仙人
驾着祥云，来到这个不知名的山村
用慈悲、用法力，拯救这位老人
拯救一切可怜的正在受难的人
一切美好的愿望，将在瞬间实现

        2012 年 5 月 14 日

清晨，邂逅一片野花

那天，我在雨后的清晨邂逅你们
像邂逅一种淡淡的离愁
你们在时光的一隅静静燃烧
仿佛我童年身体里的点点星光

向阳的山坡，那片托举黄色头颅的野花
正在承受阳光的临照。微风吹拂
我看到你们细弱的耳语，闪着白光
扑楞着梦想的翅膀

你们总是那么安静，总是微笑着
昨夜的风雨，并没有在你们嘴角
留下酸涩。我才发现生活中的幸福
有时可以像一片遗忘的野花一样
那么低矮，那么渺小

那一刻，关于人生的命题
我以一株野花的身份体悟着
在这片野花的包围中，我学习着低下来
学习着渺小。一颗卑微的心
在那一刻感恩盛夏宣谕般的慈爱

2012年7月22日

紫斑牡丹

她楚楚动人的样子是让人怜爱的
她开得那样心无旁骛,无知
不谙世故,不需要粉饰和比喻

总能联想到一个古代的女子
在微雨的午后,轻抚着羌笛
旧识的燕子归来,落花飞过秋千

而那阕词里的佳人早已远去
那绰约芳姿已化为眼前的紫斑牡丹
青春流逝,散落断井残垣

带着假想的悲哀,逝去的容颜
总能在秋天来临前抵达
这良辰美景,可曾有人辜负

一段离愁,一次美丽的邂逅
一种无法言说的感受,如落花
在我的心头,悄悄零落

2013 年 5 月

偶 遇

虽然我听不懂它的语言
我还是停了下来
我喜欢它那憨憨的样子
和它稍显单调的啼鸣

乡间的小道上,那只鸟
没有因为我的出现而离开
它出神地看着我
它那么友好,似乎认识我

它红色的长喙令我喜欢
那鲜艳的色彩仿佛刚刚涂饰
它不停地剥啄,时而望望我
时而在草丛里寻找着什么

当它和我对视,我发现
它的目光充满了期待
直觉告诉我,它在向我倾诉
它一定是把我当成了朋友

它突然向我飞来
我看到了它美丽的翅膀
一圈圈层次分明的纹理
在晨光中闪耀着迷人的金黄

然而它没有停下
它擦过我的肩膀,旋即飞走
一种空荡荡的莫名的情绪
像过路的风,是失落的

2013 年 7 月 23 日

致洮河

当你柔美而弱小的身影
又一次出现在我的眼前时
我哭了。我知道并不是难过
而是无法言说的幸福

像恋人重逢时的耳厮鬓磨
像母亲哄儿入睡的呢喃细语
我又一次靠着你的臂弯
聆听你的心声，你的牵念

你是我潦倒时未曾离去的爱人
当我被生活的风暴击倒
是你用微微的倩笑和絮语
抚平了我心底的创伤

你的家乡在遥远的阿尼玛卿山
那雪峰闪耀的美丽牧场
你在格桑花盛开的草原长大
你的身上散发着雪莲的清香

我喜欢你的浪花，你的喧响
喜欢在无比温柔的黄昏时分
沿着你优美的河湾散步
我喜欢你温婉而热烈的性格

我是多么不愿看到，你生气时
咆哮的样子，我亲眼目睹
两个年青的生命被你裹挟而去
那一刻，你又是那么任性而刻薄

我曾无比亲近地拥有你
为你写诗，为你说天荒地老的誓言
却在你最无助的时刻离开了你
为了理想中那美好的生活

在异乡的无数日日夜夜
在那浮华的喧嚣的困扰中
我的耳边久久回响着你的声音
我的眼前常常浮现你的波光

2013 年 8 月

白石山下

1

因为遥远,我总是向往你的神秘
向往你积雪的峰顶
此刻,我就站在你的脚下
你的面影隐藏在重峦叠嶂中
如冰山一角

2

此时的神秘是丛林里残余灰烬的神秘
是一只鸥鸟飞出洞穴的神秘
是在散落的石片上,发现一些符号
像史前文字而无人认识的神秘
是一个虔诚的灵魂穿行在山谷时
无法言说的神秘

3

我觉得你原本是侏罗纪时期的一只霸王龙
在破坏史前秩序时,被至高的造物石化
那碎裂的石片,是你挣扎时掉落的鳞甲
那密布的裂缝,是你撕咬时留下的爪痕

4

我爱那株怒放的山丹丹花
爱林海深处的鸣禽，爱那个山坳
把温暖的阳光，深情地贮藏
爱草甸，爱那个归心似箭的牧人
赶着镀金的羊群回家

5

我会望着银色的山体黯然伤神
我会对着山上的小道浮想连翩
我会给每只鸟儿起个好听的名字
把这里的故事代代传唱

6

在无名的山谷，总能看到野花的命运
在幽静的溪涧，总能听到寂寥的时光
在某个瞬间，总能体验到一种疼痛
痛成裸露的岩体，痛成刺骨的溪水
痛成眺望时灵魂里的一丝冰

7

当我穿过冰凉的溪水
我无法说出,那深入骨髓的冰冷
岁月的溪水在这里流出尘世的冰凉
岁月的暖阳啊!请把这里照亮
为冰凉的溪流洒上淡淡的阳光

8

倒流河不知疲倦地流着
连同附在上面的时光
一只突然窜出的老鸹逆流而上
无意间成为我们同路的旅伴

9

景古城只剩下几个土墩
仿若历史深处的疤痕
仿若残存的典籍
只言片语,已无法证明什么

10

在混合着草叶、松果和泥土的芳香里
我们倒地而睡，在和大地接触的瞬间
我感到了巨大的充满母性的力量
将我拉回童年

11

如果时间真的可以停止
如果斜坡上山神一样挺立的松林
不是因为一座庙宇的存在而保留
白石山将是寂寞的。然而没有
那位名叫二郎君的神祇
守护了白石山，和白石山的孤独

12

我向往过的生活，在这里终于实现
我热爱着的自然，给了她最温柔的部分
然而我注定要离开这里
因为我注定是个过客

13

优美的树林,谁在把美丽的花儿传唱
当松涛和鸣,白云涌动
我忘了是第几次被泪水模糊了眼睛
我忘了白石山是地球上的一座山
我忘了地球是天上的一颗星

14

白石山,众生灵精神的高地
人类承载的苍茫因仰望而崇高
此刻,你是沉默的
我却感到了你内心的澎湃,如岩浆

2013年8月2日

立 秋

天凉了
一群南飞的大雁远去
蔚蓝的天穹
遥远而空旷

田野阒静
几声秋虫的嘶呖
叫出一个中年男人
莫名的寂寥

秋风的履带碾过旷野
一些飘落的树叶翻飞着
曾经的年华,就这样
慢慢凋落

这个怀旧的季节
只有两只白色的蝴蝶
在秋风中起伏着
像两片白色的树叶

2013 年 9 月

在乡间小路行走

我喜欢在黄昏时分
沿着乡间小路行走
那时远处的灯火渐次亮起
夜幕上落满童年的流萤
一株株似曾相识的树木
就像久别重逢的朋友
蛐蛐弹奏起自然的柳琴
将古老的乡谣反复传唱
赶着羊群回家的农人
眼睛里盛满辛劳和月色
暂时闭上眼睛,沉默吧
让泪水在眼眶里打转
为什么面对儿时的事物
我的眼里常常滚动着
无法释怀的泪水

亮了起来

一切，已不像冬季那样黯淡
灰蒙的天空，开始亮了起来
以及天边那条银色的航线
解冻的大地亮了起来
新铺的农膜反射着太阳的光芒
给返乡的燕子镀上一层金衣
村口，那堵快要坍塌的土墙
亮了起来，初升的太阳
使墙头一棵枯干的艾草
异常挺拔。亮了起来的
还有母亲的铲子，父亲的犁铧
以及寺庙顶端闪闪的琉璃瓦
一些看不见的事物也亮了起来
你听那声清脆的鸟鸣
从远处的树林，传到了眼前
正在耕作的农人的眼睛

2014年3月5日

无法言说的甜蜜

山野的桃花开了
一抹抹绯红
像是春神晨起梳妆
刚刚涂好的脸庞
几缕晓风
像是春神的手指
抚过爱人的发梢
两只恩爱的蜂鸟
卿卿我我地飞着
把它们幸福的一幕
展示在蓝天下
我和一只蝴蝶邂逅
共同见证了
这无法言说的甜蜜

2014年4月10日

生命的苇塘

苇塘宽阔
每一棵苇草都是一个子民
在水域的家园,生活甜美
阳光从柔蓝的天空流下来
散作碎银,闪烁在水面上
给栖息的水鸟以温暖

平静的日子里有微风拂过
有苇花盛开,然后有爱情发生
一群美丽的野天鹅和黑颈鹤
在这里找到了生命的另一半
这给了我时光的轻盈
和飞翔的愿望

我的生命深处有个更大的苇塘
那里有倒映的天空和蓝峰
有迷人的波光和童年
有在水一方的伊人
有我向往的不可知的远方

2014 年 6 月 15 日

水做的花儿

我怀疑每一首花儿都是水做的
不然,唱歌的女子为何泪水涟涟
她一定是淋到了麦黄时节
来不及躲避的一场大雨

她在雨中忘情地唱着
把野花般的人生唱了出来
把埋藏心底的爱情唱了出来
把生活中的苦与痛唱了出来

她的声音有着风的嘶哑,雨的淅沥
她温暖而深情的泪眼
映着波光闪闪的洮河

2014 年 6 月 20 日

在冶力关

银色的白石山圣洁而矜持
像含羞的莲,藏在雨雾中
那些撒满山坡的神秘纸符
在风中不停地念动咒语

在冶海神性的召唤下
一个跪拜的女子虔诚而固执
她的周围飘满彩色的经幡
仿佛在把颤栗的灵魂袒呈

这一刻,雨雾升了起来
仿佛神的衣衫,遮住了她
遮住了低处的牛羊
以及高处的雪山

那些被风卷起又落下的纸符
已把内心的罪愆一一清除

2014 年 6 月 21 日

热　爱

我是多么热爱
那群跳来跳去的麻雀，那块荒芜
又重新为青绿渲染的田野

没有一个生命会被季节遗弃
那些隐匿的、迁徙的飞虫和鸟兽
只是遵从了季节的谕示

心怀悲悯的人，注定会流泪
又一次相信季风的甜言蜜语
把曾经的苦难和不幸淡忘

我也将成为一个心怀悲悯的人
在万物萌发的田野上奔走歌唱
把盲目的骄傲和虚荣撕碎

我的心灵有蓝天般广阔
我懦小的灵魂，因为季节的轮回
而获得了不曾有过的广度

2015年4月3日

下午,和一条水渠为伴

一条反光的水渠,两只蜂鸟
和天空淡淡的月痕
陪他度过一个下午
陪他散步,陪他孤独
陪他咀嚼时光的甘甜

杨柳摇曳,枝叶柔婉
世间的事物一经想念
便有了爱人的身影。粼粼波光
多像她迷离的眼神
她不知道世间有多少情景
和她的神貌不约而合

黄昏来临,徘徊的人有归鸟的疲倦
穿过一条熟悉的街道,就会回家
一种莫名的渴盼,仿若回家的燕子
喜不自胜

2015年5月6日

后海，邂逅爱情

在后海
邂逅一朵粉颜素面的荷花
邂逅蔡锷与小凤仙相遇的地方
想起他们的爱情
那样令人神往

其实
每个人心中都有属于自己的小凤仙
她就像眼前的荷花一样
看着，不用采撷
就那样美好
不在身边的时候
想起她
也是那样美好

2015 年 7 月 19 日

爱上一片野花

没有谁不会怜惜你们
没有谁不会看着你们而产生莫名的
忧伤

秋天暖阳里的一坡野花
像山野一个个可爱的女儿
站在风中微笑

在一个艳阳的秋日
我走过一个山坳,遇到一坡野花
纯真的微笑,一闪而过

在这个落寞的雨夜
我又想起了那一坡野花
想起了她们淡淡的微笑

那么美丽那么弱小的野花
在季节的轮回里
在秋风秋雨里
在今天夜里
就要凋落

2015 年 9 月

仁爱来自他的心中

造物怀有一颗仁慈的心
让万物承受足够的酷寒后
又一次把温暖洒向人间
荒芜的意义，在于暗示
在于把生命中灰色的部分袒呈
在繁华和荒芜间往复的是田野
一次次抚慰灵魂的是春风
吹向田野吹向爱情的春风
让丛林愉悦，让河流解冻
让一群蜜蜂感到久违的幸福
他在原野伫立多时
这和暖的春色让他欣喜
仿佛造物无边的仁爱
都来自他的心中

2016年3月17日

我喜欢现在的时刻

这时太阳还没有下山
夕光将远山晕染得格外温柔
一轮银月，躲在树林间

林间的小径落满了槐花
我独自一人，踩在上面
把生活中的幸福慢慢忆起

我喜欢现在的时刻
一群锦鲤在水池里游动
各色的鸟啼从林间传来

我似乎也变成一只鸟
那轮圆圆的明月
将我弱小的翅膀照亮

2016年5月14日

生命中的轻盈

湖面澄澈
夕阳撒下点点碎金
给游鱼以无限的想象
几只水蜘蛛划过水面
轻盈，了无痕迹
那么轻盈那么微小的水蜘蛛
滑过水面就像滑过镜子一样

我的生命中缺少了这样轻盈的部分
它过的太沉重，太局促
它需要水蜘蛛滑过水面时的
那种轻盈
那种了无痕迹

2016年6月21日

夕阳下的洮河

落日,在淡蓝的山巅燃烧
让你莫名地感激,莫名地战栗
你无比豪迈地体验着落日的壮美
体验着天际边美妙的色调
以及水面蝴蝶般翻飞的波光
你感动的不是波光,而是火焰
是斑斓的天体永不停息的火焰
你会想到当你老了的时候
你徘徊在洮河边,在夕阳下怀想
洮水像今天一样,轻柔地流着
星颗闪现,你迟迟不肯离去
你已眷恋上这坎坷的人世
一半是因为落日,一半是因为洮河

2016年6月28日

朋　友

梦幻般的苇塘仿佛了解他的心事
让青蛙和鸣虫变幻不同的语调
向他讲述水塘里发生的故事
他喜欢听也听得懂它们的语言
芦苇、树林以及远处的蓝峰
这些都是他的朋友，和他很相像
热诚而坦率，喜欢推心置腹
他们常常一起聊心事、谈理想
他常常逃避喧嚣，来到苇塘
一个人拜会造物带给他的朋友

2016年8月29日

秋天里亲切的事物

秋天才刚刚开始
田野还没有因为秋风
而显得荒芜

几只鸟飞得轻盈极了
大地上的谷物已经成熟
静静地等待收获

我注视着风吹过树冠的样子
又一次想到了你
好像秋天里亲切的事物都与你有关

被风吹落的树叶,是你的叹息
一朵小小的金盏菊
是你淡淡的笑颜

2016年9月28日

我的心灵

我的心灵，我已不愿将你拘禁
将你困厄在这灰暗的残冬
我要带你出去，带你去爬山
去和大自然对话。你会看到
和暖的阳光正照射着山野
一棵棵树木正在等待春风吹绿
要是你站在视野开阔的山顶
闪烁的洮河，田野，白石山
以及远处山顶正在融化的积雪
将逐一映入你的眼帘
我的心灵，让我带着你翱翔
在蓝天下，和轻盈的云一起
将冬日的雾霾一扫而光
这就是我想要的生活
翅膀掠过天空，心灵翱翔

2017 年 4 月 1 日

写给杜老师和同学们

我日夜想念的老师和同学
我的梦中浮现你们的面影
像是聚会时幸福的模样
又像是当年学校里年轻的容颜

仿佛是冬日灰色的原野
从太阳得到绚丽的色彩
你们纯洁而深情的微笑
给我带来幸福和欢乐

然而梦醒了,我的周围月光如水
我努力回忆着梦中美好的一幕
窗外呼呼的风雪
送来一个男人声嘶力竭的吼唱

2018年1月4日

我对你的爱是四季的阳光

——仿莎士比亚十四行诗（一）

亲爱的，你不知道这片晨雾有多美
她缓缓拂过树梢和远山的样子
仿佛你轻盈的姿态和温婉的眼神
然而晨雾再美终究会消退
亲爱的，我对你的爱不会这样
我对你的爱是晨雾退后的蓝天
明净而热烈的阳光永不消退
不，亲爱的，我对你的爱是盛夏
我要用整个夏日的阳光来爱你
让你感受到爱的持久和热烈
亲爱的，我对你的爱不止是盛夏
我对你的爱是四季的阳光
在季节的循环往复中守护着你
这样，我对你的爱就不会休止
我对你的爱就永不消退

让你的美在未来人们的眼里呈现
——仿莎士比亚十四行诗（二）

我没有办法让你的美丽永不消逝
让你的容颜不会随着岁月的流逝而凋零
我想把你的容颜画下来，装进画框
然而画布会褪色，画框会腐化
所以我决定把你的美丽写在我的诗中
我要用天空的湛蓝形容你心灵的纯净
我要用飘飞的芦花形容你性情的柔软
我要用飘逸的晨雾形容你身姿的轻盈
我要用绽放的雏菊形容你眼睛的灵动
然而这些描述还远远不够，亲爱的
这些描述还远远不能形容你的美
所以，我要用大自然来形容你的美
让星星，让天空的钻石做你的饰品
让你的美，在未来人们的眼里呈现

2019年8月1日

第四辑 用漫长的时间来思索

夕 阳

夕阳再次涂抹天空时，秋风吹起
我发现草野的枯黄又加深了一层
鸟群起伏着，暮色也正在加深
浓黑的云团擦过落日，仿佛狼烟
从古代传来。只有透亮的部分
闪烁着快要消失的鸟的翅膀
岁月在摇曳的草尖，被风吹冷
当我一无所有，如同眼前的枯草
落寞地，越来越像不会说话的哑巴
思考着人生严重的命题，望着
珊瑚般疯长的楼群，慢慢终老
我骨头里的灯盏不知在何时熄灭
天快黑了，暮色淹到了我的膝盖
我听到远方有谁在呼唤我的乳名
我要回家。在回去的路的尽头
天边的熊熊大火映红了天际

尘世贴

相框落满灰尘，曾经的笑容那么年轻
时间这柄利刃，割裂了往昔的美好
让我在离乡的路上越走越远

如今，我习惯了在尘世的夹缝隐藏
习惯了在纷杂的时光镜像前安之若素
习惯了望着窗外的楼群发呆

我终于明白：人生肆无忌惮地挥霍后
需要用漫长的日子来修复、来偿还
就像那天，我路过一块墓地
我无比透彻地洞察了化为尘埃的结局

我看到那些坟茔，在华丽的人生后
用漫长的时间来思索、来救赎

我们不准备想起往事

我们不准备想起往事
我们知道时光不会倒流
我们每天奔波、忙碌
执着于未来的憧憬
我们忘记了童年
忘记了曾经的美好

那时，一切才刚刚开始
我们走在放学的路上
遇见了南飞的大雁
我们兴奋地叫着、喊着
一群大雁往南飞
一会儿排成人字形
一会儿排成一字形

旅途中

一

旅途中作漫长的思念
漫长的梦
呼啸而过的火车惊醒了
一个羁旅的灵魂
乘着茫茫如水的夜色
修饰行色
和凌乱的头发
夜巨大的张力
紧紧拉住
一个不属于我的躯壳
窗外的灯火一闪而过
一闪而过的
可能还有几个
刚刚认识的旅客
说声一路顺风吧
一路顺风其实就是
永不再见的意思

二

再漫长的旅程
也有结束的时间
对这个世界
我感到前所未有的空虚
和陌生,而对我的亲人
我感到前所未有的真切
和想念。世界这样大
我们无法掌握自己的行踪
就像星星无法掌控
自己的轨迹
我越来越真切地感受到
自己在这个世界上的位置
就像渺小的星颗在宇宙中
或者沙粒,在沙漠中
当火车呼啸
穿过深长的隧道
我觉得时光的墙
瞬间包围了我
而当我正要闭上眼睛时
亲爱的树和亲爱的房屋
又向我欣喜地奔来

2012年6月1日

风雨中的鸟

风甩着长长的鞭子
拼命抽打躲闪的群树
一阵突如其来的雨
用无数细碎的玻璃
划破空气的神经

一只鸟扑楞着翅膀
跌跌撞撞地飞着
从草地挣扎到树丛
在银杏瘦小的树冠里
小心地将飓风躲藏

我突然觉得自己
其实就是一只风雨中的鸟
在无数次迁徙的途中
在飞往信仰的路上
一颗固执的心
一次次被生活的风雨
淋湿

2012年6月23日

一个朋友的离去

你突然地离去
让我措手不及。我宁愿相信
这是现实世界的谎言
这是一个沉在深夜的梦境
前些天,我们还一起喝酒划拳
谈论是非,褒贬历史人物
为一拳的输赢争得面红耳赤
想不到,在人生的战场上
你会这么快败下阵来
也罢,腊月里才吃过你的喜酒
如今又为你烧纸化钱
或许一个人的离去
不大于秋天一片树叶的离开
或者天空一只飞鸟的消逝
而作为你的朋友
我却感到了世事的苍凉
和命运的本相
参加完追悼仪式回来
山巅上挂着陈旧的夕阳
秋风又一次吹起

在你的第三十五个年头吹起
树叶在风中起落着、翻卷着
不能自主。仿佛
这就是命运

     2012年11月6日

重 复

候鸟重复着天空的轨迹迁徙
蚂蚁重复着地面的路线觅食
太阳重复着白天黑夜
月亮重复着阴晴圆缺
农人重复着耕作
田野重复着枯荣
树木在重复的风雨中挺拔
人们在重复的苦难中成长
爱情在重复里演绎出多少悲欢离合
人生在重复里经历了多少起起落落
所有语言重复了原始的暴力
所有幸福重复了隐秘的欲望
岁月重复了阐释
尘世重复了悲欢
命运重复了开始
死亡重复了结局
天天重复着悲剧
极其悲惨的事情在发生
天天重复着喜剧
极其可笑的故事在上演

2013年7月19日

马啣山下的秋天

马啣山下的秋天
比洮河谷地来得要早一些
我看到一簇簇繁茂的马莲草
在秋风中过早地弯下了腰

砾石,这些鲁钝的物体
布满山谷或高高的梁峁
不知是因为突至的山洪
还是不可抗拒的造山运动

比砾石要灵动的是一只只牦牛
那些在山坡上缓缓移动的生灵
它们嗅惯了青草的气息
从后山的草甸转到眼前的草场

被我第一眼看成砾石的事物
是一群散落在山坳的岩羊
它们移动的那样缓慢
让我从一开始就产生了错觉

2013 年 9 月

一棵干枯的树

这是一棵干枯的柳树
它在旱塬默默走完一生
它洁白的木质暴露在阳光下
仿佛在袒呈一生的清白
它繁密的枝条伸向天空
仿佛把一切交还给上苍

我一个匆匆的过客
不经意看到了一个生命
在失去与土地的联系后
却与天空接近

这时太阳快要落山
我沿着一条小路走过山梁
仿佛走过曲折的一生

2013 年 10 月

我又一次在秋风中感到悲怆

我停了下来。我看到一只鹰
在秋风中攥紧了利爪，攥紧了
岁月的冰凉。马啣山的积雪
将不再融化，它们闪亮着
直到来年春暖花开的时候

我又一次在秋风中感到悲怆
当那群缓缓移动的牦牛
突然停下来怔怔地看着你
你不知晓它们为何停下来
它们也不知晓你因何而停驻
它们只是感受着季节的冷暖
嗅着干草和阳光的味道
来到了这块草甸。这很像人类
远离家园，逐名利的水草迁徙

2013年10月

干爷走了

从父亲打来的电话里
我知道了干爷的离开
我知道干爷离开是迟早的
只是没想到这么突然
一周前我还看过他
他脖子上的肿瘤已经破裂
衣领上的血渍横一道、竖一道
看得人心里好一阵酸楚

从去年放完冬水开始
干爷的下颌便长出一个疙瘩
核桃大小,不疼不痒
庄稼人粗疏,也没在意
过完年便长到碗口大小
上医院一查,恶性肿瘤
县城里已经治不了
家人一合计,上省城兰州

省城大夫的诊断是残酷的
肿瘤距离动脉太近

手术风险高，弄不好会出人命
这样，干爷又回到了村子

其实干爷的肿瘤已到晚期
至多再能活半年
这是大夫说的
他的三个儿子知道
被他打掉一颗门牙后
再也没和他说过话的干奶奶知道
全村人都知道
只有干爷不知道
干爷每天按时吃药
逢人便说病情一天天减轻
疙瘩里的毒一排出就好了

他每天放放牛、喂喂猪
在他耕作了一辈子的地里转转
他在心里计划着
等母牛生了犊子
就把大牛卖掉，把牛娃喂大
那时病也好了
再给村里人耕地，挣钱
给刚学走路的小孙女买糖果

干爷的病情却一天比一天恶化
肿瘤开始腐烂,经常流血
他痛得常常揪断鬓角的头发
一整宿一整宿不能合眼

终于在一个阴冷的冬日
干爷走完了普通的一生
出殡那天,十几年来
和干爷不说一句话的干奶奶
突然围着棺材放声大哭

那一刻
我感受到一个生命离开时
散落在尘世的冰凉

2013 年 12 月

这个冬天

这个冬天我先是经历了一场雪
一场铺天盖地的大雪
当我注视着一只翻飞的鸟
在风雪中消失
我似乎明白了一场雪
对于一只鸟意味着什么
接着是连日的严寒
仿佛是这场雪
将尘世的冰凉还了回来

这个冬天，我开始忧心忡忡
开始关注平日里忽略的一些事物
比如寒风中瑟缩的一株草
比如用惊恐的眼神看着我
浑身湿透的一只流浪狗
我于是盼望着天天是晴天
天天有温暖的阳光

接下来的日子我是幸福的
我卑微的愿望如愿以偿
暖暖的阳光总是如期来临
抚触那些被我关心着的事物
这让我想起成家的那年冬天
那个冬天是暖冬
我们是幸福的
我们的爱情沐浴着冬日
暖暖的阳光

2013年12月2日

日 出

我突然被某种升腾的东西感动
但我还说不出确切的缘由
当黛青的山峦托起一枚硕大的晶体
那嫣红的天际多么温柔
只是没有谁觉察到一块土地的失落
霜粒的闪烁,以及一个人的忧愤
日出是一种存在,比类人猿
要古老,比正在走过的
年轻的人类,要恒久
当更多的人体验了这独一无二的美
它的壮阔,将永嵌人类的灵魂
在太阳系形成以后,在地球毁灭以前

2014 年 1 月 5 日

致张志新

我宁愿相信,你是睡着了
像一颗小草一样,在黎明前夕
睡在了无数英烈安息的土地上

我宁愿相信,你是在沉默
在冬日漫长的寒夜里,曾发出
春鸟真理一样明亮的啼叫

我宁愿相信,你没有离去
你银月般的灵魂,会在每个夜晚
临照一个沉思者的窗前

我宁愿相信,你还在歌唱
像初夏的雷雨,将生命的音符
击打在深爱着的土地上

我宁愿相信,你还在思想
因为每想一次你的名字
每一个中国人的喉咙都会难受一次

雪 夜

雪夜,霓虹灯闪烁
延伸成时光隧道
在这貌似月球的地域
我看到一些不明飞行物
鸣着汽笛呼啸而过
一个个外星生物
正盲目寻找栖息地

我彳亍着
像一个外星人来到地球
我不敢说话
因为我怕听到的是
我听不懂的外星的语言

浓雾弥漫

浓雾又一次弥漫
曾经五彩的原野
突然茫茫一片
树林和蓝天早已隐匿
只有哗哗的流水
溅湿雾幔深处的
一两声鸟啼

我一直很肯定
那些走失的羽毛
就藏在浓雾的深处
因为我确信
那些消失的事物
只是像星星一样隐藏
而在夜晚
会像钻石一样闪光

季节的路口

岁月的删减从不心慈手软
繁蔚的盛夏已不见了踪影
收刈过的田地长满枯败的蒿草
旷野上有羊群走过,有落叶飘零
有未及收获的玉米杆落寞地站立
这个季节,总有一些没来由的烦恼
滋生心头,总会想到人生的境况
生活的艰辛。这个季节
沉默会代替浮华,那些憧憬
那些因季节勃发而产生的愿望
因一场雪的到来而消失殆尽
这个季节,风开始大起来
我总是把内心的苦咽到肚子里
让爱我的人不要看到我的悲伤
这个季节,我总是沉默不语
看着原野像一个人的面孔
童颜尽失而满脸铅华

2014 年 11 月 26 日

穿越山谷，想象造山运动

穿过砾石密布的山谷让人产生幻觉
突兀的砾石像不羁的山洪骤然而至
我们回到了遥远的白垩纪
和恐龙一起经历了造山运动
成群结队的恐龙四散逃逸
恐龙的眼睛布满惊恐
恐龙眼里的世界分崩离析
造山运动把恐龙埋到地里
造山运动把砾石堆满山梁
造山运动中的我们被洪流卷走

马啣山巅峰以下

我终于征服了眼前最高的山峰
我的意志却在瞬间崩塌
我慨叹于天边更高的蓝峰
巍然屹立在云层之侧
我甚至达不到对面山崖上的牦牛
和一棵沙棘所在的高度
在这野狼曾经出没的地方
只有一坡黄色的小花
和一只白牦牛的尸体
陪伴我

2015 年 7 月 7 日

穿越马啣山峡谷

无垠的野花，无数的砾石
世间最柔婉最坚硬的事物同时呈现
这样的安排让你想起孤独

一切何其辽远：草甸、羊群、灌木林
峡谷深处的小屋，午休的牧人
以及因他们而起的忧伤

这忧伤让你想起遥远的故乡
让你一次次忍住眼泪
而侧身去看路旁的一株野百合

这忧伤之外，再无孤独
你从未卸下面具做回真正的自己
当你放声嘶吼，和儿时一样

2015年7月9日

巨大的悲悯

果实早已掰掉,只剩下秸秆
颤巍巍的,似乎就要被风吹倒
在这僻静的地方,他孤身一人
感受着玉米地在秋日天空下的苍凉

那些适应了干旱的小叶乔木
那些荒草,那些越过洮河
又南去的大雁,那些经霜后
泛着微弱光泽的野花

在落日余晖里,和他有了相同命运
他在玉米地已站立多时
早到的秋风,让空旷的玉米地
多了几分荒凉

他在玉米地已站立多时
巨大的悲悯,暮色一般掩盖了大地

2015年11月2日

这个冬天你没有注意过的事物

这个冬天你没有注意过冰花
美丽的冰花，像童年一样
结满玻璃时，你会不会看到
一个满头银发的乡下妇女

这个冬天你没有注意过星颗
当它们在夜晚的天空闪现
像小时候你收集的玻璃球
在黑夜里闪耀着晶亮的光芒

这个冬天你没有注意过灯火
夜空里慢慢亮起的万家灯火
像母亲慈祥的眼睛看着你
点点光泽温暖了你莫名的孤独

你从来没有注意过这些
注意了这些，你就会哭泣
就会泪流满面，不能自已

2016年2月14日

我需要慢下来

我需要慢下来
去和那位卖蚕的老人聊天
他知道许多春蚕的秘密
如果有时间,我一定买上几条
送给女儿

我需要慢下来
我要去西郊市场看那些小动物
它们不谙世事的样子,多可爱
我已经很久没有体会到
看见一些小生灵而产生的欣悦
和感动

我需要慢下来
往低处,再往低处
我要去寻找这么多年来忽略的部分
我要用低处的被我忽略了的事物
去填补心灵上巨大的空洞

2016 年 6 月 3 日

在上梁村

这些美丽的果花
丝毫不能减轻我的伤感
清脆的鸟啼也是
这些曾经激发我无数灵感的
美妙音乐,在此刻
却不能减轻我些许的忧伤

我看到那么多乡亲
他们黑瘦的脸庞和困窘的生活
他们有的被病魔折磨
有的孤苦一生
有的过早失去亲人
独自面对贫瘠的土地

那只睡在浓荫里的黄狗
那群在山坳里吃草的绵羊
它们不理解我的心情
那两个在村口玩耍的儿童
他们也不理解我的心情
他们那么小
尘世的苦难
他们还体会不到

2017年5月10日

第五辑

这一生守着你就好

学校的一天

孩子们,你们已掏出书本
收起心爱的玩具
教室和讲桌已干干净净

像一群嗷嗷待哺的幼鸟
怀着莫名的渴望
在等待母亲的归来

有时也有扮成母亲的女生
坐在校园的花园里
玩着过家家的游戏

多么尽职、善良的母亲啊
如果有一天她向我走来
我会心甘情愿地被她抱走

给夏绚（一）

临湖观鱼是一种幸福
我能不时体悟生命之初的感动
为水中游动的精灵
与绚儿一起欢呼

牙牙学语的绚儿
在温暖的夕阳下
在和夕阳一样温暖的父亲怀中
用尚不成词的语言
告白着心中
最初的爱与记忆

在静如止水的余晖下
金鱼在绚儿的眼中欢欣雀跃
绚儿在父亲的眼中欢欣雀跃
我忘了是在湖边观赏金鱼
金鱼在柔蓝的湖水中
湖水在遥远的苍穹下

此时的金鱼

比其他的金鱼更像金鱼

此时的父亲

比平时的父亲更像父亲

给夏绚（二）

我多么希望，你不要长大
永远停留在天真的六七岁

我每天送你上学
晚上在地上爬，给你当马骑
马很累，但内心是幸福的

你那么调皮
总是偷偷溜进我的书房
扮鬼脸吓我。你小小的
拥在我怀里，是那么幸福

你永远也不会长大
小小的，看着你
就那么幸福

2014 年 7 月 19 日

给嘉绚（一）

幻想妈妈用美好教你画画
教你在洁白的画纸上
画上你喜爱的事物

五岁的画幅何其辽阔
每一次
你总会画上天空、海洋
画上一个微笑的太阳
画上三只蘑菇，一只刺猬
和它扎满背部的野果

你画下的天空飘满了白云
飞翔着自由的小鸟
你画下的大地开满了野花
生长着憨憨的熊猫
你把太阳画成红脸的老头
把云朵画成排队的小朋友
你画下的彩色蘑菇
站满躲雨的蚂蚁
你画下的花朵

闪烁着迷人的眼睛

幻想妈妈用美好教你画画
教你在洁白的画纸上
画上你喜爱的事物

给嘉绚（二）

天边那颗小小的星星
像钻石一样闪闪发光
我多想把它送给你
就像你送我小石子一样

天上的星星有无数颗
我独爱今早的这一颗
天下的小石子数不清
我独爱你送的那一枚

写给妻子（一）

我想起你我散步的时光
是怎样默默地走在西湖公园
你无声地偎依在我身旁
看岁月如阳光轻轻流淌
那时正是荷花盛开
白的、粉的一朵朵
绽放在梦一般的芦苇丛中

湖水的深处有一小岛
上面长满浓密的花草
沿着石头小路
我们牵手走近
最不安分的是怀里的夏绚
她总是不停地叫嚷
要捉湖里的金鱼
池塘里一片安谧
一只天鹅缓缓游弋
湖面上泛起阵阵涟漪

有时，绚儿也会睡着
静静地，在我怀里安眠
我们坐在凉亭的石凳上
看游船划进芦苇深处
你一会看夏绚，一会看我
透过你清亮的双眸
我看见了美丽的家园

写给妻子 (二)

我喜欢你散步时任性的样子
我们踩着野兔留在雪地的足印
寻找你喜爱的珊瑚虫化石
你调皮得像只野兔,一会儿蹦跳
一会儿跑进梦幻般的灌木丛
在冬日,在亮晶晶的阳光下
你的发丝飘散在柔蓝的晴空
你的喊声震落了松枝上的积雪
我喜欢你撒娇时傻傻的样子
我们坐在暮色里,听钟声嘀答
看流星划过。你悄悄说着下辈子
你说你相信来世,你说我们爱情的
玫瑰,还会在来世的花期绽放
我喜欢你拧床单时好胜的样子
我们互不服输,用足了劲对着干
挤去爱情和生活中多余的水分
你晾衣服时温柔的背影,像远山
有着渐行渐远的美丽

2013年9月6日

写给妻子（三）

亲爱的，我想告诉你
山里的冬天走了，寒风远了
山阴的积雪已经消融
亲爱的，我要告诉你，春天来了
桃树布满山谷的枝丫上
无数臌胀的芽苞正在绽开
我想到了过去的一些不幸
想到了一些小小的幸福
亲爱的，我想告诉你的是
再过一些时日，这荒寂的山道旁
将是漫山遍野的新绿和粉红
眼前的灰蒙将被明艳取代
亲爱的，我描述不好我的心情
我语无伦次，我想表达的是
过去的不幸终究会过去
那即将到来的美好
将和这个春天一起来临

2014 年 3 月 31 日

写给妻子（四）

亲爱的，那时我们老了
我们回到了家乡
那里，有我倾其一生
为你修建的房子
那是一座红顶的小楼
沿着伸向天空的翘角
可以看到起伏的蓝峰
和远处的白石山
雏菊和牵牛这双儿女
正攀在门口迎望我们
院子里漾起的秋千
摇曳着我们一生的幸福
我们在春风播种
在寒露收获
在立冬以前劈好足够的柴禾
在寒冷而漫长的冬季
我们生起炉火，相拥取暖
我今生最美丽的诗篇
将在那时为你朗诵

2014年5月13日

写给妻子（五）

当我们徜徉在蓝色的湖边
夕阳正洒下无数的金币
秋风，一个羞涩的孩子
与我们撞了个满怀

我喜欢拉着你的手徘徊在湖边
秋风孩子一样围着我们
她一定喜欢我们的脾气
爱上了随性的我们

我喜欢和你一起去喂食金鱼
它们无忧无虑地生活在这里
它们天真而骄憨的样子
像极了我们的女儿

我的世界里有一片更宽阔的湖水
一只小船停靠在岸边
乘上小船，我们变得简单
我们说着幸福也说着忧伤

此时，我只想紧紧地拥抱你
亲爱的，我要向你诉说
一个经历风霜和苦难的男人
他在尘世获得的幸福

2016年10月6

还有什么比这是更幸福的

在南屏山
我爱上了这里的每一座山峰
每一株植物,每一片云朵
我爱上了它们独有的那份宁静

我要带上妻子,带着女儿
徜徉在美丽的南屏山下
和蝴蝶交朋友,和松鼠捉迷藏
认识鹿角蕨、木棉花这些新的朋友

疲乏时,溪水洗去生活的征尘
寂寞时,山鸟送来动听的歌曲

蓝天多么纯净,草甸多么迷人
和心爱的人儿徜徉在南屏山下
满山的花草都是我们的朋友
还有什么比这是更幸福的

2016年7月26日

这一生守着你就好

就像这自然界
春天来了百花盛开
秋天到了草木凋零
自然界的万物
都遵循着既定的秩序
在繁盛和荒芜间
循环往复

这和我们很相像
吵架时寒风凛冽
和好后又温暖如春
我们也遵循着爱情的秩序
恩爱或者冷漠
这一生守着你就好

2016 年 3 月 3 日

重新激活的悲悯情怀

虎子死了，就在昨天夜里
爷爷发现的时候，它已浑身冰凉
我让爷爷把虎子埋在树下
爷爷说地面冻住了，挖不开
就把虎子扔掉了

女儿说起这些的时候
眼里噙满了泪水。女儿才八岁
面对大人的所作所为
她无能为力

虎子是陪女儿长大的一只小狗
每个周末，我和女儿回乡下时
她总要和虎子玩一个下午
她喜欢小狗，总想把虎子接到城里来
我劝她说虎子要看守院子
要陪爷爷

她理解不了大人们的心思
她说我们一点爱心也没有
她落下眼泪的那一刻
我儿时的悲悯情怀，被重新激活

      2016 年 1 月 20 日

大自然的一切多么美丽

和心爱的人在一起
再普通的风景也变的美丽
那片草丛在晨曦中摇曳的样子
那片树林在阳光下欢笑的姿态
那片池塘在微风里泛起涟漪的神情
在他的眼里多么美丽
在他无比温柔的眼神里
大自然的一切多么美丽
爱人多么美丽

2019年7月6日

那片小小的野花

那片小小的野花
多么可爱
它们像一群孩子
在浅浅的微笑

那么一片小小的野花
在山坳里默默地开放
它们那么小
美好的爱情
它们还不知道

它们那么小
多像我小小的心
小得只能容下一个人

2019 年 6 月 4 日

第六辑

中国梦

中国梦

一

有一个埋藏五千年的梦
一个穿越时代洪流而历久弥新的梦
正裹挟着风暴、雷雨和崭新的太阳
滚滚而来
这是你的梦
这是我的梦
这是每一个华夏儿女
共同的中国梦

二

我深深地觉得我是幸福的
我为生活在一个伟大的国度而自豪
纵使险恶的冰雪让春天姗姗来迟
然而一个民族已经觉醒
一个国家已经富强
中华民族走向复兴的金钥匙
已经掌握在每一个中国人的手里
我们伟大的中国梦啊
就要在今天实现

三

我寻觅着女娲补天的彩石走向你
我追溯着夸父逐日的足迹走向你
我踩踏着圆明园的废墟走向你
我穿越两万五千里的长征走向你
我抚摸着战火烧焦的土地走向你
我攀援着锁链般蜿蜒的长城走向你
我注视着延安窑洞的灯火走向你
我凝望着鲜艳的五星红旗走向你
我看到了你
看到了中国梦永不熄灭的火种

四

这火种在历史的烽燧间传递
从未熄灭
从中华民族的文明始祖
到文韬武略的秦皇汉武
那"明犯强汉者，虽远必诛"的时代强音
至今振聋发聩
从威仪天下的盛唐隆宋
到芳华绝代的永乐盛世
那开海波于万疆的强国风姿
至今让人思慕向往

五

我爱中国

爱这个忍辱负重的国度

爱这个发明了火药

却在异族的火枪火炮下

弹痕累累的国度

爱这个修筑了长城

却要饱受战火硝烟

盗贼入室的国度

爱这个在"三座大山"的重压下

佝偻着腰身,喘着粗气

被内心的梦想驱使

走出泥沼,穿过黑夜

最终屹立不倒

挂满胸章和疤痕的国度

我的苦难的忧愤的国度

我的坚强的英勇的国度

我爱你

六

人生,因为有了梦想而美好

中国,因为有了梦想而华彩

它是一块土地的梦

有着一千万平方公里的广度

它是一个家庭的梦

凝聚着十四亿成员的梦想

每一个中国人的梦

都不会因一次生活的风暴

而凋落

因为它是你的梦

它是我的梦

它是每一个华夏儿女

共同的中国梦

七

我热爱梦想，我相信梦想

我热爱天空中大雁的梦想

我相信在一个温暖的季节

它们会安全地抵达家乡

我热爱每一朵白云的梦想

我相信穿过雷电和风雨

它们会架起美丽的彩虹

我相信每一个农民的梦想

我相信经过汗水的浇灌

大地足以灿烂成太阳

我热爱每一株野草的梦想

我相信经过季节的冰雪
它会托起一个小小的花蕾
我热爱每一个儿童的梦想
我相信透过美丽的糖纸
世界会变成五彩的童话

八

我是中国人
我是中华民族时代交响中的一个音符
我的血液流淌着民族的荣耀
我的骨头吸纳了忠诚的钙质
我的皮肤闪耀着太阳的光芒
我的思想蕴藏着海洋的能量
我要驰骋于祖国万里的山河
像古代逐日的夸父那样奔跑
我要躺在祖国的怀抱做一个梦
一个华夏民族共同命运的中国梦

经历之美

——读亚海的诗集《立冬之前》

王开元

我很惊讶亚海在处理常见题材时所表现出的举重若轻的样子,比如"日出"这首诗:

我突然被某种升腾的东西感动

但我还说不出确切的缘由

很真实、也很诚恳,可能当时的情形如此,他只是轻轻道来,随意又自然,毫不费力,这比刻意的表现要高级的多。许多诗人从雕刻到自然,但他一开始就显露出自然。

他是怎么做到的?

亚海是一个单纯的人。世界上只有两种人,复杂和单纯的人。复杂的人单纯不起来,单纯的人不复杂。复杂有复杂的原因,但单纯没有原因,它是天然。在他的笔下,故土、亲人、妻子、朋友,他都表现的那么生动,亲切感人。在诗经历了现代主义之后,这些被冷置的题材,在他那里光亮了起来,诗回到它应有的调子，动听优美，这出于他的热爱。

我是多么热爱，
那群跳来跳去的麻雀，那块荒芜
又重新为青绿渲染的田野

这是"热爱"一诗中的句子。出于这种热爱，亲人、故土、自然在他眼中都美起来。一位印度诗人这样说："你不爱，你怎么美得起来"。"爱"在亚海的诗中，是一个常见的词，我们不能不重视这一点，这是最珍贵难得的，他的诗有许多亮点，正是因为爱。

从"父亲的工具箱"到"干爷走了"，两首略带叙事的诗，以平静的语言，写出两位经历不同，命运却相似的人。苦的基调中有欢乐，悲的人生中有诗意，这是众生共同的经历和命运。

因为诗人的单纯，这样的表现，就来得那么美：
母亲，你哭吧，
你是把悲喜交集的命运，
哭了出来，
把多年埋在心底的苦和痛，
哭了出来。

没有过多的描述，只是真切地将它摆在这里，却产生了强大的感染力。

因为这种单纯，因为这份爱，自然在他的眼中亲切又神圣。"大自然的一切多么美丽"，重复地使用了四次"美丽"，这种美已经难以表述，只能说了再说。

这种单纯的抒写，并不见得在形式方面的单一，他将西方的十四行诗体引进，颇得十四行诗体的神韵。"我对你的爱是四季的阳光"，"让你的美在未来人们的眼里呈现"，这是对十四行诗体的成功尝试。

写给妻子的五首诗，是前面连用四个美丽的回应，这一次，又多了一个美丽。这样的美，不嫌多；这样的美，越多越好。

和写"日出"一样，"夕阳"这首诗，诗味更浓郁，情感的力度更强；

鸟群起伏着，暮色也正在加深。

浓黑的云团擦过落日……

诗人有了紧迫感，这个紧迫感来自我们归于何处？

天快黑了，暮色淹到了我的膝盖。

我听到远方有谁在呼唤我的乳名，

我要回家……

这个家不是我们所住的房子，而是本源。

2023 年 7 月 5 日初稿
2023 年 7 月 18 日定稿

后　记

　　我喜欢上诗歌，是因为一本诗集。

　　在我读临洮师范三年级的时候，在学校周边的一个小书摊上，我偶遇了一本诗集——《外国诗歌选》。读了几页，我便被里面优美的文字和蕴含的哲理深深吸引。特别是莎士比亚十四行诗中的几句，我至今清晰地记得：

　　为你的爱我将和他拼命相持
　　他剥掉你，我要把你重新接枝

　　我的爱却并不因此把他鄙贱
　　天上的太阳有瑕疵，何况人间

　　对这些都倦了，我要离开这人间
　　只是我死了，我的爱人要孤单
　　……

　　后面想来，正是莎士比亚的这几句诗，让我喜欢上了诗歌，后来热爱上诗歌，如今到不惑之年仍乐此不疲。

　　因为当时要急着去上课，我用吃饭的一元钱买下了这本诗集。带到学校后，一有空闲就翻开来细细品读：有时沉迷于美妙的文字而反复吟诵，有时感悟出人生哲理而陷入深思，有时为诗中的革命气势鼓舞，崇高和理想泛滥了心空，有时愤怒于封建统治者反动政治，为诗中激进而豪迈的民主自由思想深深折服……

正是这本诗集，我认识了莎士比亚、密尔顿、拜伦、雪莱、波德莱尔、普希金、泰戈尔、里尔克等国外的文学大家，读到了东西方从古到今不同流派、不同风格的优秀诗作。我在学习他们语言艺术的同时，更是受到了思想的熏陶，形成了我崇尚自然、热爱生命、相信梦想、喜欢自由的性格和思想。

我在陈家嘴小学当老师的几年里，系统阅读了《20世纪中国名家诗歌精品》，重新阅读了郭沫若、徐志摩、闻一多、戴望舒、艾青、北岛、顾城、海子等名家的诗歌，也认识了冯至、朱湘、应修人、冯雪峰、阿垅、穆旦这些以前课本上没有读过的诗人。

在很多个夜晚，在我身心交瘁，被生活的风雨淋湿时，在我遇到烦恼，心情烦燥易怒时，在被物欲横流和纸醉金迷深深诱惑时，阅读诗歌，就犹如一股清泉流入心间，洗濯了我心灵的浮尘和污垢，让心湖变得澄澈，以初生婴儿般的纯真去应对这个纷繁复杂的社会，以坚如磐石的定力在喧嚣浮华的世界中把好自己的航向。

所以在工作生活的闲暇时间，我把自己的所见所闻所思所想所感所悟，用诗的形式记录了下来。但要说是诗，可能更多算是生活中一些情感的自然流露，只能称之为分行的文字。因为我觉得我写得还很肤浅，思想上缺乏深度和力度，艺术上缺乏高度和创新，只是说出了平时大家都能感受到却没有说出来的话而已。

孔子说"天何言哉，四时行焉，百物生焉。"所以我觉得诗是无用的，至多是自己感情的流露或者思想的表达。写诗一旦有目的，诗就落入俗套。写诗要有无用之心，然而用"无用之心"写出来的诗，内容要有思想性，不能无病呻吟。

机器是写不出诗歌的，所以我以为的诗歌，它的第一要义就是精神或者思想。

诗歌，包括任何体裁的文学作品无不渗透作者的思想：有的诗洋溢着革命精神，反抗暴力，追求自由，鼓舞人民斗争；有的诗抒发了对党、对祖国、对人民的热爱，对美好生活的赞美和向往；有的诗赞美了纯真的爱情，歌唱着爱情的贞洁；有的诗反映当下，表达对社会问题的态度，针砭时弊而不逃避现实；有的诗表现了对大自然的热爱，对生活的感受，对生命运行不息的诵唱；有的诗表达了对劳动人民的关注，对英雄的悼念与歌颂，对假恶丑的批判；有的诗表达了对生活的感悟和思考，以及对于人存在和活着的意义和思考……不一而足。

思想性，是诗歌的灵魂。而艺术性，恰恰是诗歌的肉体。构思巧妙，想象丰富，形象鲜明，感情强烈，意境优美，音韵和谐，语言自然，富有表现力和旋律感，充满生活气息的诗歌，读起来才能回味无穷。

我的诗歌类型大体分为六类，我分为六辑，分别是"把幸福温暖地码在屋檐下""历史风云在巨大透镜里的投影""感恩盛夏宣谕般的慈爱""用漫长的时间来思索""这一生守着你就好"。

创作这些诗歌，我的灵感来源于日常生活的感受，各种诗集，以及人生的经验。我深知创作必须要构筑自己的精神高地。如今，大多数人已经很少有读诗的习惯，没有内涵的书籍、抖音快手小视频泛滥在人们的生活中，成为一种消遣方式，一种娱乐方式，甚至是一种快餐文化，而有思想深度需要人们静下心来的品读的诗歌或者文学作品却往往被现代的快节奏拒在了人们的心门之外。而我以为，诗歌是不可或缺的，诗歌是人与世界之间的精神对话，少了诗歌，我们的精神上就"缺钙"。

我小时候的理想是当一名作家，后来梦想着出版一本诗集。在中国书籍出版社的关心下，我的梦想得以实现。在这里，我要向中国书籍出版社《黄河诗阵诗丛》编辑委员会表示敬意和感谢！同时，我还要衷心感谢牛庆国、曹剑南、陈维山、王开元、赵怀侠、赵举民、蒲永天、赵应军、张文杰等文学朋友的帮助和支持。

最后，我想把这本书献给我的父母，妻子，两个女儿夏绚和嘉绚，也献给我的朋友。